a alegria espera por você

a alegria espera por você

UPILE CHISALA

Tradução de Izabel Aleixo

Título original: *Nectar*
Copyright © 2019 by Upile Chisala
Tradução para a língua portuguesa © 2023, Casa dos Mundos/ LeYa Brasil, Izabel Aleixo

Todos os direitos reservados e protegidos pela Lei 9.610, de 19.02.1998.
É proibida a reprodução total ou parcial sem a expressa anuência da editora.

Editora executiva: Izabel Aleixo
Produção editorial: Ana Bittencourt e Carolina Vaz
Diagramação: Alfredo Rodrigues
Capa e ilustração de capa: Tita Nigrí

Dados Internacionais de Catalogação na Publicação (CIP)
Angélica Ilacqua CRB-8/7057

Chisala, Upile
  A alegria espera por você / Upile Chisala; tradução de Izabel Aleixo. – São Paulo: LeYa Brasil, 2023.
  176 p.

  ISBN 978-65-5643-174-1
  Título original: Nectar

  1. Poesia malawi 2. Feminismo 3. Mulheres negras I. Título II. Aleixo, Izabel

22-1021   CDD 896

Índices para catálogo sistemático:
1. Poesia malawi

LeYa Brasil é um selo editorial da empresa Casa dos Mundos.

Todos os direitos reservados à
CASA DOS MUNDOS PRODUÇÃO EDITORIAL E GAMES LTDA.
Rua Frei Caneca, 91 | Sala 11 – Consolação
01307-001 – São Paulo – SP
www.leyabrasil.com.br

Para as mulheres que desaprenderam a silenciar e para aquelas que ainda estão se acostumando com sua própria voz, este livro é primeiramente para vocês.

Sumário

A casa do mel   9
Solo & Raízes   47
Tudo o que brotou   93
O nosso jardim   149
O fruto   159

A casa do mel

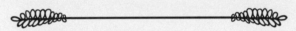

Há perigo em deixar as pessoas chamarem você por um
[outro nome.
Se você é fogo,
não responda quando a chamarem de fagulha.

Filha,
espero que você nunca tenha que rastejar de joelhos para implorar que um amor ruim fique.

As garotas suaves. Aquelas que choram e se
                [despedaçam e nunca têm
medo de mostrar suas emoções. Aquelas que não as
                                  [escondem
mais. Aquelas que as derramam.

Eu me tornei/ Eu estou me tornando
tudo pelo que lutei para ser.
Eu sou mágica e mereço a doçura.

Destrave sua língua.
Prepare seus pulmões.
Você é uma criatura suave, mas será ouvida.

Este é um lembrete gentil para que você cuide de si
[mesma.

Há coisas que eu sou e que eu estou tentando não ser.
Há coisas que eu era e que não têm nenhum direito
                                    [sobre mim.

Querida,
você não já tentou retirar algo dos destroços?
Quem deixou a cura nas suas mãos?
O conserto?
A restauração?
O tornar algo inteiro de novo?

Você está cansada?
Seus braços doem?
Quem lhe oferece mel quando você precisa?
Quem deixa você descansar?

A prática de deixar as coisas irem e dizer:
"Isso não era meu, mas o que é meu está a caminho".

Conte a história. Dê a ela um nome e uma pele próprios.

Parte de crescer na sua verdade e deixar Deus fazer as coisas de Deus é fechar as portas que você não
[deveria
nem ter aberto em primeiro lugar.

Pare de arriscar sua sanidade por amores que beijam bem, mas que não querem ficar de jeito nenhum.

Sou bonita o bastante para pular de desafio em desafio e ainda encontrar magia neste mundo?

Sou mágica o bastante para pular de desafio em desafio e ainda encontrar beleza neste mundo?

Eu não aceito mais a raiva que não é para mim.
Se você chega aqui pesado, com uma fúria da qual eu
                                      [não faço parte,
por favor, saiba que minhas mãos não vão tomá-la.
Eu me recuso, definitivamente, a ser o lugar onde você
                                        [despeja sua ira.

Os grandes sinais são Deus gritando. A intuição é Deus sussurrando.

Querida,
em algum momento, todas nós temos que defender o
tipo de amor que merecemos.

Será que não posso ser apenas uma mulher negra que
                              [ama a si mesma em
paz? Sem ter que explicar por que minha pele
(seja ela da cor do mel claro ou do melado)
é um sonho?
Por que meu cabelo
(crespo ou liso)
é uma coroa?
Será que não posso apenas ser uma mulher negra que
                              [ama ser
uma mulher negra?
Sem ter que pedir desculpas,
ou ser humilde,
ou ser bem-educada por isso.
Que droga!
Quem mais tem que justificar amar a si mesma assim?
Quem mais tem que lutar pelo direto de chamar
a si mesma de
bênção?
Meu Deus,
será que não posso ser apenas uma mulher negra que
                              [ama a si mesma em
paz??!?

Se um amor alguma vez pedir para montar em suas
[costas,
proteja-se bem rápido.
Ninguém que a ame verdadeiramente
faz de você uma mula.

Ame a si mesma com urgência.
Hoje.
Hoje.
Hoje.

Querida,
por favor, não deixe a raiva dormir dentro de você.
Seu corpo é muito sagrado.
Seu corpo é muito bom.

Fale com bondade de si mesma e ensine essa mesma bondade a quem quer que passe pela sua vida.

Algumas coisas se despedaçam.

                                    Algumas coisas florescem.

Meu bem, você precisa dizer isso antes que se forme
uma tempestade no seu peito. Você não pode continuar
carregando a raiva dentro de você porque está com
[medo
de deixar o veneno se espalhar. Libertar a si mesma
[disso
não fará de você uma cobra. Você não deve guardar a
[raiva
para si desse jeito. Por favor, querida, diga o que você
tem a dizer. Diga, antes que isso cresça no sangue
em suas veias. Diga isso antes que você
se torne a coisa em si.

Eu vejo você. Você não está mais nessa missão perpétua de destruir a si mesma. Estou contente de que você [finalmente
pense que vale a pena salvar você.

Ame a si mesma intensamente
e,
no segundo em que você encontrar alguém que a faça
questionar esse amor,
corra bem rápido, querida.

Corra para bem longe.

Doce criança,
dance dentro da luz.
A alegria espera por você.

A sensação suave de se recuperar de uma dor e
perceber que você ainda
está inteira
está inteira
está inteira
está inteira.

Eles dizem:
"Fique. O amor brotará."
Seu coração diz:
"Vá. Vocês não sabem nada de jardinagem."

Eu não estou catando migalhas de amor.
Eu não irei implorar aos amores para que fiquem.
Eu estou bem em ser fogo.

Você faz a si mesma e àqueles que poderiam amar você
                                                    [um
desserviço quando se diminui; quando
engole suas palavras ou não usa toda a sua luz.

Querida,
não se curve tanto assim diante das pessoas. Você pode
[se quebrar.

Eu me empenhei mais em mim mesma, e isso fez
[Deus dançar.

A verdade é: esse é o seu milagre.
Abandonar sua predileção pela dor.
Ter coragem de olhar a vida nos olhos
e dizer a ela que você a quer de novo.

No tempo certo, você aprenderá a desembaraçar a língua
para encarar a verdade que tem vivido em sua garganta.
Talvez você seja feroz e durona.
Talvez haja uma mordida em você e um fogo que pode
fazer de tudo cinzas.
Acalme-se ou ataque, de qualquer maneira desenrole
[a língua
e encontre o que você vem tentando dizer.

O que você aprendeu sobre você recentemente?

-

-

-

-

-

-

-

-

-

-

A língua.

O aviso veio quando você era muito pequena para entender que as palavras eram suas também.
Veio como sua mãe.
Veio como seu pai.
Veio como tudo e todos.
Veio antes que você pudesse compor frases em poemas, em segredos, em preces.
Alguém disse a você, alguém mostrou a você.
Segure sua língua, olhe sua língua, morda sua língua.
Boa menina, fique quieta.
Boa menina, fique caladinha.

Você sempre foi uma coisa abençoada e
a bondade não teve dificuldade para encontrá-la porque
a bondade é o que você merece.

Solo & Raízes

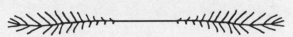

Chore,
Deixe essa água sair.
Você estava se afogando.

Nós escrevemos até doer.
Vocês leem até doer.
Nós estamos nisso juntas.

Para que você manda nossos filhos para debaixo da terra?
Nós rezamos por eles, sabia?
E eles vieram para nós marrons da terra, mas, sobretudo,
dourados. Nós lhes demos um nome,
nós os vimos crescer e rezamos um pouco
mais.
Porque com essa pele,
da cor do solo,
da terra,
da lama,
sempre vai haver alguém querendo provar
que nós estamos debaixo de seus pés.

VIDAS NEGRAS SÃO BELAS E ELAS IMPORTAM.

Sofrimento intergeracional e algo dentro de você
dizendo que já é o bastante,

Pai/ Mãe/ Avó/ Avô/
seja você quem for, seus demônios não são bem-vindos na minha casa.

A cura virá para nós também.

Às vezes
há amor em ir embora.

Mãe,
me conte dos renascimentos. Me conte como as pessoas
[perdem
camadas de dor e fazem crescer peles novas, e largam
os velhos hábitos que as estavam destruindo. Me conte
do perdão, de escolher a si mesma em vez do dano.

Eu quero saber como plantar as sementes; eu quero
[jardins,
não túmulos.

Eu sinto os meus ancestrais em meu sangue. Eu sou um
[corpo de
pessoas que estão pedindo para não serem
[esquecidas.

Hoje, seu coração está pesado, e você está se perguntando se o seu deus está observando o mundo queimar também.

Às vezes escrever é como abrir uma ferida,
como cutucar uma casquinha e ficar assustada por ela
ainda sangrar.
Doce criatura, você pensava que ela não doía mais.

Eu sou uma

Mulher

Negra

e

Africana

num mundo que desvaloriza essas três coisas.

Esperar que as pessoas peçam desculpas a deixará
[exausta.

Se a depressão voltar,
diga a ela que eu não irei,
mesmo que ela me chame pelo nome.

Eu sou filha da minha mãe. Nós doemos igual.

Às vezes você volta ao lugar onde doía
e pergunta
"Por quê? Por quê? Por quê?",
e ninguém tem nada para lhe dar.

As coisas difíceis de que nossas mães tiveram que se reerguer.

Você diz que eu tenho que perdoar você
porque "sangue é sangue",
mas sangue era sangue quando você escolheu me ferir.

Então você veio de duas pessoas que nunca aprenderam a amar uma à outra corretamente? Você viu o casamento dos seus ancestrais afundar e decidiu que esse era o seu destino também. Me diga, quantos amores sofreram por causa do que você carrega nas costas? Será que eles sabiam que você apostava contra eles todas as vezes?

O peso e a doçura de cuidar de alguém.

Quando as mães vão parar de ter que rezar
"Deus, por favor, faça minha filha mais forte do que eu"?

Às vezes, o luto é como sair da minha
pele de mulher crescida
e deixar a garotinha dentro de mim chorar.

Eu estou tentando ser maior do que meu medo dos fins.

Talvez nós sejamos iguais às nossas mães em como
                              [procuramos
por mel onde ele não pode viver. Nós olhamos para um
inferno, para uma dor, para uma coisa completamente
                              [arruinada e ainda
podemos ter esperança e ainda a incluímos nas nossas
                              [preces.
Talvez esse seja o erro da suavidade, do coração aberto.

Nós estávamos sempre tocando fogo nas coisas e chamando isso de paixão, fazendo casas virarem cinzas e chamando isso de encanto.

Eu fui embora porque eu estava cansada de me
[perguntar:
"O que eu salvaria?".

Eu sinto muito por você ter visto sua mãe abrir mão do orgulho dela por um homem que apenas a amava pela
[metade.

Quando você me vê –
a mim com os olhos cor da noite,
a mim com os cachos
e com o nome que ordena à sua língua que
dance uma dança
que ela nunca soube –,
quando você me vê amando a mim mesma,
me deixe ser.
Eu sou uma filha preta aprendendo o amor outra vez.

Minha mãe é a espinha dorsal
é a espinha dorsal
é a espinha
é o dorso

e esse é o poema dela.

Queime tudo de uma vez.
Ou conserte.
Ou esqueça completamente.

A ansiedade e todas as mentiras que ela conta de você.

Você costumava ameaçar matar minha tristeza com
seus beijos apenas. E eu lhe disse que não é assim que
a dor funciona. E isso colocou um silêncio entre nós
porque eu me tornei algo que você não podia
salvar. E isso nos devorou e a cada friozinho na barriga,
a cada fagulha nos olhos, a cada palavra delicada na
[língua.
Mas nós não podemos culpar esse amor por vacilar sob o
peso de ambas as nossas tristezas, pesadas, muito
[pesadas.

Eu descobri que não falo sempre de mel
e que eu talvez não seja a garota que você sonhava
que eu fosse. E que eu amo você, mas amo a mim
                                        [mesma
muito mais e isso mata você um pouco. Eu também sei
                                             [que
talvez algum encerramento seja um mito ou
                              [desnecessário
e que, na pontuação do amor, ir embora é um
ponto final perfeito.

Às vezes, duas da manhã se parece com gritar com Deus pedindo que a dor pare.

Não ignore a decadência. Não mantenha as pessoas em
                                                  [volta
porque tem medo de jogar as coisas fora.
Você não está desperdiçando, você está superando.

É difícil não transmitir o sofrimento.
É difícil não aceitar o sofrimento.
Todos nós queremos nos salvar uns aos outros.

Às vezes minha mãe acorda antes de Deus.

Naquele dia, mais de setecentos
dormiram no fundo do mar.

Muito negro para lembrar.
Muito negro para virar notícia.

Eu espero que nossos pais muito negros
se deem conta de que esses também são problemas
muito negros.

– doença mental, homofobia, transfobia, sexismo
etc., etc., etc.

É assustador pensar em como vocês eram todas as coisas erradas para mim ainda que fossem como um lar. Para
[quem
devo apontar o dedo?

Às vezes,
às 5 da manhã,
nós nos reviramos em camas solitárias
e saímos delas para a manhã suave
para escrever poemas na luz difusa
sobre pessoas que não os merecem.

Você dizia que me amava antes de estar pronto para isso.
Querido, foi isso o que nos destruiu.

Desejo, *s.m.*

Se você não apertar bem os olhos,
se você não inclinar a cabeça ou se aproximar,
pode quase parecer amor às vezes.

Amanhã você deve se lembrar dessas coisas
de maneira diferente.
Talvez com menos angústia, menos rancor, menos
[lágrimas nos
seus olhos.
Amanhã essas coisas não devem machucar você
tanto.

Às vezes estamos exaustas; estamos cansadas de todos
os lares que temos que trazer conosco para dentro do quarto.
Todas as línguas em nossas bocas. Os países debaixo de
nossos pés. A cultura entrelaçada em nossas colunas;
às vezes pesada, às vezes parte dos nossos corpos.

Mas que bênção que isso é.

Nós viemos de muitos. Nós apoiamos muitos. Nós
                                        [contamos
com muitos.
Nós somos muitos.

Tudo o que brotou

Seja delicada quando amar.
Lembre-se de onde as feridas estão,
de qual é a linha,
de que palavras queimam.
E se você for embora,
deixe o seu amor tão suave quanto
o encontrou,
se não
mais suave.

Embora eu esteja feliz porque você me pediu para
ser a pessoa calorosa de que você cuida, por favor, saiba
[que
não há nada que você possa fazer que me faça
abandonar a mim mesma.
Eu lutei muito duro para isso. Eu sou finalmente
alguém que eu amo. Eu sou alguém que não irei trair.

Se você alguma vez já amou uma pessoa, ficou
                    [olhando-a sem parar,
colocou suas mãos ao redor dela, mostrou a ela seus
fantasmas, beijou-a longamente até perder
o ar, protegeu o coração dela como o seu próprio,
                            [esperou por
ela, rezou por ela ou desejou conhecer um deus
para o qual pudesse rezar por ela, mergulhou em
                            [silêncios
junto com ela, emprestou seu ombro, dividiu sua cama,
criou espaço no seu espaço, então você fez o que
tantos falham em fazer – amou uma pessoa
gentilmente e deixou que ela o amasse também.

Eu amei você com tanta força que me tornei suave.

Coloquei meu coração nas suas mãos para
salvaguardá-lo. Isso não quer dizer que eu amo você
                                        [mais
do que amo a mim mesma ou que eu não posso cuidar
                                        [desse
órgão malabarista sozinha. Querido, eu estou
deixando-o nas suas mãos porque confio em você para
ensinar a ele novas maneiras de amar.

Se uma coisa boa encontra você, deixe a doçura tomar
⠀⠀⠀⠀⠀⠀⠀⠀⠀⠀⠀⠀⠀⠀⠀⠀⠀⠀⠀⠀⠀⠀⠀⠀⠀⠀⠀⠀⠀⠀[lugar.
Seja prudente, mas não tente rasgá-la com a sua
dúvida. Você não deve nunca deixar o medo assaltá-la.

Eu leio seus poemas e choro.
Você fez Deus se tornar vivo para mim.

(Eu sou grata para sempre a todos aqueles que curam
[feridas
com palavras.)

Chegue mais perto, você parece o lugar aonde pessoas
                                        [cansadas
vão para descansar.

Eu vi um pedaço do céu em você.
Isso não é amor?

A verdade é:
eu terei sempre mais mel para você.

Você é tão cheio de luz. Eu vou usar cada coisa boa em mim para me impedir de machucar você.

Eu espero que você aprenda a amar uma pessoa delicada,
[a dizer:
"Me desculpe. Me desculpe, eu sou um tolo, e você é
[tudo o que
eu quero amar melhor".

Você, o mel do meu mundo.

Me dê o amor que preenche e preenche e nunca desiste.

Se o céu fosse meu, eu o deixaria nas suas mãos.

Eu encontrei uma suavidade em você, e espero que eu não a destrua.

Você me beija como se Deus estivesse entre meus lábios e você viesse aqui para se arrepender.

Como isso deve acabar:

eu escreverei poemas e você encontrará alguém legal, e nós iremos fingir que não arruinamos a coisa mais bonita.

Se isso acabar como está fadado a:

1. Espero que você diga meu nome enquanto dorme e acorde com um vazio no peito.

2. Eu espero que algo incrível aconteça a você e que você pegue o telefone para me ligar. E que depois desista de fazer isso porque vai se lembrar de como você era cruel.

3. Eu espero que você tente explicar as nossas brincadeiras e que ninguém ria, e que isso deixe você chateado.

4. Eu espero que você se torne o tipo de pessoa que eu merecia.

5. Eu espero que você aprenda a pedir desculpas com [sinceridade.

6. Eu espero que ninguém nunca machuque você do [jeito que você me machucou e que você saiba disso.

Querido você,

que me ensinou a tirar mel da
desesperança. Eu amo você com tudo o que sou.

Você está no telefone contando a um amigo sobre alguém que está começando a amar e está dando mais desculpas do que verdades. E isso lhe dá um aperto no peito. Você sabe, você sabe, você sabe disso bem lá no fundo. Pare. Desista. Acabe. Quando for bom, você saberá, você saberá, você saberá bem lá no fundo.

Não testemunhar um romance crescer
mas crescer para ser
um romântico.

~

Nós viemos de lares despedaçados, mas cada fissura
foi uma lição. O amor é possível, mesmo para nós.

Você merece cada coisa boa que aparecer na sua porta. É tudo seu.

Eu continuo encontrando Deus no seu sorriso.

Só porque você chama algo de
"amor", e você o envolve em suavidade,
e isso faz você se sentir bem quando está escuro,
não quer dizer que seja amor.

O amor, se for verdadeiro, nunca fará você se sentir
[pequena.

Acaricie o pescoço. Corra o dedo pela clavícula. Respire fundo ou devagar. Deixe a sua pele se chocar com a minha. Respire um pouco mais.

Você não pode enganar o amor.
Ele sabe o que ele é.
Ele sabe onde é bem-vindo.
Ele floresce onde é cuidado.

Alguns amores tentam sugar a noite de dentro de nós.
[Eles
chegam armados junto com o sol, eles chegam prontos
[para
atirar naquela tristeza na sua pele. Você, meu amor,
[desde o
começo, era luz apenas do jeito que você era, você era
luz sem jamais tentar ser. Você não afugentava
a minha tristeza, você a escutava. Você se sentava
ali e escutava. E eu agradeço, porque parecia que
eu estava carregando um mundo de dor no meu corpo
e, antes de você, ninguém nem prestou atenção nisso.
Antes de você, ninguém foi nem mesmo leve o suficiente
[ou calmo
o suficiente ou pronto o suficiente para perguntar à
[minha tristeza
por que ela insistia em me chamar de casa.

Eu quero aquele
tipo de amor
"Venha cá, coloque o seu dia longo na minha mão".

Você faz a ferida parecer menor.

Me ame como minha mãe mandou você amar.

Eu tenho um coração enorme que quer você por inteiro.

1. Quem ensinou você a fugir?

2. Sua mãe diz que nós somos amaldiçoados.

3. Algo em mim grita por algo em você.

4. O amor é uma bagunça.

5. Seu pai diz que eu sou muito triste e que essas
   [garotas tristes
   não são fáceis de amar.

6. Eu acho que você aprendeu a fugir com ele.

7. Venha, vamos construir alguma coisa com as nossas
   próprias mãos.

8. Eu sou muito boa em ficar.

9. Nós não precisamos ser nossos pais.

10. Não há nenhum lugar como você.

11. O nome da minha avó fica entre o meu
    e o do meu pai. Eu tenho que passar pelas
    mulheres em mim para amar um homem.

12. Eu nunca vou usar sua solidão contra você.

13. Ninguém é fácil de amar.

14. Nós somos só um pouquinho amaldiçoados.

15. Eu não escolhi ser triste. Você não escolheu ser um cara que foge.

16. Certos sofrimentos vêm no sangue.

17. Como você é é como eu amo você.

18. Você me beija como se Deus estivesse entre meus
[lábios e
você viesse aqui para se arrepender.

19. O nosso amor é bom.

20. Nenhum de nós faz milagres, mas, meu Deus, como isso parece sagrado!

O lar é a maneira como você diz meu nome quando está
[escuro
e não há nada a não ser o ar entre nós.

Meu amor é pesado.
Eu trago tudo o que é meu.
Eu trago minha plenitude.

Chegue mais perto dele.
Perca-se nele.
Ele pode quebrar você um pouco, mas, meu Deus, será
[uma
aventura. O amor sempre é.

Estamos caindo em algo
doce rapidamente,
e eu não estou com medo.

Perto de você, eu sinto esse *déjà-vu*.
Nós devemos ter cuidado profundamente um do outro
[numa
vida passada. Quando você me abraça, isso é tão
[familiar,
minha alma se lembra de ter sido amada por você.

1. Eu tenho sido muitas mulheres por você.
2. Não mais.

Algumas pessoas se sentem pior por serem aquela que causou a dor do que por causar a dor.

Eu só quero que nós sejamos felizes, que encontremos
                                                [pessoas que nos
amem profundamente e que nunca deixemos de dar
                                                   [valor a essa
magia.

Eu estou determinada a me impedir de correr atrás de
calamidades; ver amores que são perigosos,
especialmente para eles mesmos, e pensar que eu sou
                                                  [exatamente
tudo de que eles precisam.

Por causa de você,
eu fui cruel comigo mesma.
Eu engoli a minha língua.
Eu me fechei em silêncio.
Eu me tornei menor,
pequena o suficiente para que você me controlasse
sem
nenhuma
misericórdia.
Me diga,
que tipo de amor é esse que apaga a pessoa que você
[ama?

Eu nunca fui de guardar rancor.
Rancores não podem deter você.
Mas você quebrou algo em mim,
querido. Me dê espaço para me curar.

O que me assusta é que eu podia acordar e pensar em alguma coisa tão aleatória quanto o seu pescoço e ter que começar a me despedir de você do zero.

Sua boca era minha boca favorita,
e agora eu só consigo pensar nela junto com a dela.

Você não pode fazer dela uma outra eu. Eu sou
insubstituível, e ela não é descartável. Beije-a
com seus olhos abertos. Lembre-se de quem você
[escolheu.

A prática cruel de procurar amores antigos
nos novos. Não vale a pena encolher um
amor para que ele caiba em coisas que você já superou.
[Você está
se apegando a algo que não funciona.

Nós estamos cortando isso. Nós estamos deixando
[isso ir embora.

Você e a maneira que meu nome soa na sua boca.
Meu bem, eu estou definhando por sua causa.

Você escolheu me deixar ir embora.

Você me perdeu. Você me perdeu. Você me perdeu.
Você me perdeu. Você me perdeu. Você me perdeu.
Você me perdeu. Você me perdeu. Você me perdeu.
Você me perdeu. Você me perdeu. Você me perdeu.
Você me perdeu. Você me perdeu. Você me perdeu.
Você me perdeu. Você me perdeu. Você me perdeu.
Você me perdeu. Você me perdeu. Você me perdeu.
Você me perdeu. Você me perdeu. Você me perdeu.

Chafurde nisso.

Se eu pudesse engolir toda a sua escuridão, você iria me
querer. Você espera que eu entre na sua dor
e o arranque dela com os meus dentes. Esse é o único
[amor
que você irá aceitar.

Você sempre traz calor, e eu só quero colocar minha mão nas suas e aprender como iluminar o mundo um pouco.

O nosso jardim

Eu espero que você perdoe as partes de você que ainda [ficam em dúvida quando algo de bom a encontra. Elas estão se curando.

Parem de ensinar às garotas que suas vozes não merecem
ser ouvidas.

Algo disso é poesia,
a maior parte disso é desmoronar em público.

Aqui estamos nós,
colhendo histórias das bocas que as contaram
errado. Pensar que plantaram ervas daninhas em
nossos jardins e nos disseram que eram flores, nos
                              [disseram
que era nossa tarefa fazê-las darem frutos. Nós
                              [colocamos
nossas mãos na terra e suamos sobre essas ervas.
                              [Cavamos
e cavamos, e cavamos, pensando que algum dia algo
                              [fosse
brotar. Algo deve brotar. Cuidamos do mais bonito
                              [jardim
de ervas daninhas que você já viu. Mas agora nós
                              [queremos
flores. Nós queremos flores. Nós queremos flores.

Ninguém fala do concreto que abriu espaço
para a flor.
Mas aí está, algo tão duro quanto
o concreto pode suavizar o suficiente para deixar algo
[belo
crescer no meio dele.

Reze pelo artista cuja vulnerabilidade nos
diverte, cuja dor nos lembra da nossa própria, que tinha
que sentir algo de novo e de novo para o nosso bem.

Um tempo suave virá
e sua risada será enorme de novo.
E todas as suas feridas vão se esquecer de doer por um
[tempo.

Eu sou uma força mesmo quando estou profundamente
[sozinha
porque ser amada por você mesma é suficiente para
criar alegria
onde quer que você esteja.

O FRUTO

Alguns lembretes suaves:

a.

Esteja ao seu lado.
Faça o que está na droga da sua lista.
Viva seu belo propósito.

<u>b.</u>

Você é adorável. Você é adorável. Você é adorável. Você é adorável. Você é adorável. Você é adorável. Você é adorável. Você é adorável. Você é adorável. Você é adorável, e você pertence a este lugar.

c.

A irmandade é deliciosa.

<u>d.</u>

As pessoas que só desejam sufocar o seu florescimento não pertencem ao seu jardim.

e.

Às vezes, Deus está em abraços calorosos.

f.

Não coloque sua força num amor abaixo da média.

g.

Importante:

Livros sobre nós por nós.
Filmes sobre nós por nós.

h.

Abra espaço na sua vida para as pessoas que querem ficar e que estão dispostas a pagar o preço.

i.

Se vamos derrotar certos venenos que ameaçam nossa alegria, devemos reconhecê-los primeiro.

j.

Por favor, lembre-se:
a raiva engole inteiro
e
cospe aos pedaços.

k.

Se você vir a alegria vindo,
eu espero que lhe dê boas-vindas e diga que ela
chegou bem na hora.

1.

Eu espero que você nunca pare de falar dos seus sonhos
e do que você quer dessa vida, tão bela e tão dura.

Em www.leyabrasil.com.br você tem acesso a novidades e conteúdo exclusivo. Visite o site e faça seu cadastro!

A LeYa Brasil também está presente em:

 facebook.com/leyabrasil

 @leyabrasil

 instagram.com/editoraleyabrasil

 LeYa Brasil

ESTE LIVRO FOI COMPOSTO EM PALATINO,

CORPO 11 PT, PARA A EDITORA LEYA BRASIL.